The Poet's Dog

不想說再見

佩特莉霞．麥拉克倫
Patricia MacLachlan

黃筱茵 ——————— 譯

《學校圖書館期刊》

這個深刻的故事探索了悲傷的滋味，也克服了失去的失落，帶給讀者安慰。

《出版人週刊》

以讀者能夠了解和喜歡的簡練用字，婉轉的展現了離別的主題，帶著隱約的哀傷。

《柯克斯書評》

帶有魔力、安靜、優雅，深刻到有點令人心痛，幽默又溫柔。

《童書中心告示牌月刊》

喜歡狗、喜歡在詩意中帶有與眾不同的觀點、喜歡佩特莉霞・麥拉克倫那種抒情又用字精準的文筆的讀者們，來讀這本書吧！

《ALA書單雜誌》

讀者會在書中，找到生命中的寶貝。

喬．克諾爾斯（《我們在哈利家見》作者）

這個溫柔又悲傷的故事，完美的描繪出獨特的友誼，如何治癒了彼此破碎的心。

勞拉．瑞索（《閃電王后》作者）

《不想說再見》會溫暖你的心，就像冬日夜晚壁爐裡的火光。

埃米莉．詹金斯（《玩具大出走》作者）

從第一頁讀來就充滿了喜悅，作者展現精湛的說故事技藝。

擁有激勵人心的力量，喚起住在讀者心中的詩人。

萊斯里・康納（《都是為了派利》作者）

讀來感到滿足。深刻、真切，又令人心痛。

琳達・茉樂莉・杭特（《爬樹的魚》作者）

本書以滿滿的愛，獻給艾蜜莉

目次

推薦序

過去與現在終會相遇

石芳瑜（作家、永樂座書店店主）

和孩子談死亡，對許多父母而言，並不是件容易的事。分離與消逝，始終是太沉重的議題，有些父母總擔心孩子太過害怕或傷心，或許連自己都難以面對。

小時候我是個喜歡胡思亂想的小孩，看到螞蟻搬走了死掉的蟑螂，心想人死了會被帶到哪裡？大人說，人死了會埋在土裡，接著上天堂或變成鬼。那螞蟻跟蟑螂呢？我記得自己還不識字時就曾思考過這些問題。

我曾遇到家中有寵物死掉的家長，因為怕孩子傷心，不想讓孩子面對親愛的生命終會死亡，於是告訴孩子：鳥兒飛走了、貓兒去旅行。或許我們忘了，小孩能想到的事，其實遠比我們以為的多，因為我們忘記自己還是小孩的樣子。

我記得大女兒三、四歲左右，我陪她看卡通《小鹿斑比》，小鹿和母鹿原本快樂的在森林散步，突然出現槍聲。獵人來了！母鹿帶著小鹿在森林裡狂奔，跑在後面的母鹿大聲叫喊：「斑比快跑！」只聽見「砰」的一聲，母鹿並沒有跟著一起跑回樹洞。彼時女兒突然嚎啕大哭，我想她知道母鹿發生了什麼事。霎時，我心頭一熱，也紅了眼眶，我想女兒應是心理投射，她想像自己就是那隻小鹿吧？

後來，小鹿遇到了牠的父親以及其他的小鹿，開始在森林漸漸展開新的生活。女兒也隨著劇情停止了哭泣。

或許，死亡對孩子來說並非那麼艱難，難以言說與開導。分離也是。而最好的方式，大概是透過閱讀、透過故事，讓孩子理解。即使我們多麼不願意跟所愛的生命說再見。

《不想說再見》以更溫柔的方式處理了這一切，人類與動物亦非敵對而是緊密生活。故事的主角是一隻叫泰迪的狗兒，一位詩人將牠從動物收容所帶回家。詩人每天伏案寫字，並且念書給泰迪聽。泰迪跟著文字一起長大，牠不僅會說話，並且理解文字能帶給人們安慰。

故事一開始，泰迪在一場暴風雨雪意外發現兩個受困的孩子，孩子母親的車在大雪中拋錨，她獨自去尋找救援，卻離開了好久。泰迪聽見孩子叫救命，他理解這句話的意思，他的主人曾經解救過他，因此他學會什麼叫伸出援手。

泰迪帶著孩子們回家，回到那個主人已經離去，他獨自守護的森林小屋。

小女孩問：「我們要去哪裡？」

「家。」有趣的是，當泰迪第一次說話，孩子們一點都不驚訝。

接著牠開始引導兩個孩子生火、煮食，他們彼此照顧，在小木屋裡度過漫漫長日。

可是外面的風雪什麼時候才會停？孩子的母親到底會不會回來？

「孩子們會講出小小的事實。」

「而詩人試著去了解這些事情。」

分離與死亡，拋棄與等待，失落與不安，其實是任何人一生中不斷會遭遇的問題，作者麥拉克倫用短短的文字、溫暖的對話，處理了這些人生最艱難的問題。如何走出恐懼、懷疑與哀傷？或許唯有純真的人才辦得到。

「狗兒會說話，可是只有詩人與孩子聽得見。」當我們陪著孩子一起閱讀此書時，終會明白這本書不單是寫給孩子，同時也寫給大人。

泰迪有了新朋友，孩子和詩人都能聽見他說話。孩子讓泰迪體會：過去與現在終會相遇，有些人其實不曾離開。

而動物和人類的生命又有多大不同？萬物皆有靈，我想，這是泰迪教我們的道理。

推薦序

再見不是真的

黃雅淳（國立臺東大學兒童文學研究所副教授）

再見不是真的
有一種東西會比回憶和記憶更深遠
連結起我們
你可以不去尋找
只要相信它

——谷川俊太郎

《不想說再見》是一個具有童話性質的深邃故事。文字精簡如詩，簡單的情節中，散發著沉靜、縈繞於心的魅力。作者開始說故事前，先給出一個通關密語似的詩籤：

狗兒會說話
可是只有詩人與孩子
聽得見

為什麼？詩人與孩子有什麼相似的特質？為什麼只有他們聽得見狗兒的話？作者沒有立即告訴我們答案，於是我們帶著懸念開始聆聽。

故事的開始是一場具有象徵意象的暴風雪：「暴風雪呼嘯著，很快天就要黑了。」整個故事的主要發生時間就在這場持續多日的大雪中。主角泰迪是一隻被詩人席爾文領養，和文字一起長大的愛爾蘭獵狼犬，作者讓他以第一人稱「我」來訴說這段經歷。為何是由「詩人的狗」來擔任敘事者？作者透露了一點訊息給我們：

我是詩人
你是狗兒
誰是詩人？
誰是狗兒？

當詩人席爾文與狗一起照鏡子，他說：「同樣的頭髮，同樣的眼睛。也同樣用文字思考。」因此我們可以假設敘事者泰迪既是詩人的狗，也是詩人自己（或作者）的鏡像。

故事開始的時間是在席爾文離開的三天後，「難道已經是第四天了嗎？獨處讓人分不清真實的時間。」泰迪在即將入夜的大雪中發現了小男孩尼可：

男孩靠著我的身體，我幫助他在風中站穩。

「救命啊。」他說。

我知道這幾個字代表什麼意思。

由這段狗兒和男孩第一次相遇的場景，我們可以知道這場暴風雪象徵著他們共同面臨了某種精神困境。如果我們將這個故事當作童話來解讀，那麼童話的主角（詩人、孩子、狗兒）代表了面對與處理困境的態度。

我很想哭。可是另一個事實是：狗兒沒辦法哭。儘管我們會感到傷心難過。

可是狗兒沒辦法哭。

……

真希望我有辦法哭。

當生命遭逢巨變與至大的傷痛時，我們往往哭不出來。有時，甚至會壓抑或凍結真實的情緒，來降低自己面對痛苦的感受。

那麼尼可與芙蘿拉的困境是什麼呢？當芙蘿拉看到席爾文和泰迪的合照時，她問：

「席爾文救了你之前，有人拋下你嗎？」

「對呀。」

「就跟我們一樣。」她說，依舊盯著相片看。

但尼可哀傷的對妹妹解釋，媽媽並沒有拋下他們，她只是獨自去找人求救。「他不願意去想這件事，媽媽在猛烈的暴風雪中，留他們在原地那麼久。」此時，泰迪想起席爾文的話：

孩子們會講出小小的事實。
而詩人試著了解這些事實。

這又再次暗示我們：為何只有詩人與小孩聽得見狗兒的話。

既然媽媽是去求救，並不是真的拋棄尼可兄妹，為何他們仍會感到恐懼憂傷？美國兒童文學研究者艾莉森．盧瑞在《永遠的孩子》一書中曾指出：「大人來來去去不可預期，而且經常沒有解釋，或是用小孩子聽不懂的話。比起成人，孩子的一天或一週要久得多——甚至一小時的延遲或缺席，都像是沒完沒了的冗長。」因此，兄妹倆感覺到在風雪中被媽媽遺棄的感受，「她離開了很久」是真實可感的失落。

所以，當我們理解了暴風雪在此的象徵，正如我們生命中某些陷落的時刻，便體會到這是一個訴說純真的受傷心靈，互相扶持陪伴、共同面對失去與分離的故事，並透過一連串奇妙巧合，來呈現主角精神世界的轉折與療癒的過程。

芙蘿拉說得對。

席爾文從來不曾離開。

谷川俊太郎的詩〈再見不是真的〉：「有一種東西會比回憶和記憶更深遠。」只要我們願意相信，或許就能超越時間前往某處，「和凋謝的花兒們留下的種子一起」，與所愛的人再相逢。

而這本書中還蘊藏著許多豐富優美的意象（包括顏色與名字），就留給聰慧的讀者去解碼，然後帶著這份理解與體會回返，豐富或者療癒我們各自所在的現實世界。

譯者序

儘管傷心有時，愛不曾遠離

黃筱茵（資深童書翻譯評論者）

愛與失落是人終其一生反覆思索探究的主題。不分性別、國籍與年紀，人似乎總在尋找愛、與愛拔河、為愛黯然神傷、為愛燃起希望……總而言之呀，就是在擁抱愛與失去愛之間，一次再一次的迴旋轉身，歡喜悲傷。可想而知，這也是諸多小說家最常書寫的主題之一。只要看看不同的小說家如何處理這個議題，幾乎就能歸納出她或他怎樣看待生命裡這個最重要也最困難的命題。

《不想說再見》雖然篇幅不長，卻舉重若輕的勾勒出作者歷經人生種種跌宕後，衷心信仰的理念——儘管傷心有時，愛不曾遠離。人世間有些事物就像初春的生命般，始終真摯單純，卻充滿力量，比如孩子清澈的眼光與思考、比如動物的靈性、比如詩人用文字努力貫徹愛、再比如愛的遞嬗與傳承……

故事從一場強烈的暴風雪開展：尼可和芙蘿拉這對困在大風雪裡的小兄妹，因為狗兒泰迪解救，串連起一段動人的友誼。令人驚奇的是：先前被詩人營救收養的泰迪，原來是一隻會說話、通曉詩的語言的狗。泰迪把兄妹兩人救回小屋後，和兩人成為莫逆好友的同時，也一點一滴的透露他與詩人主人席爾文相依相伴的生活互動，以及他為何獨留小屋的始末。

一隻懂詩的狗兒，當然是這部小說最獨特的設定。故事開始前的引言就說道：「狗兒會說話，可是只有詩人與孩子聽得見。」這句引言當然是貫串全書的金句，意謂唯有不受汙染的心靈，能深刻的與動物和自然世界及生命持續溝通。社會化的成人如果不再相信愛的力量、不好好傾聽自己心底的聲音，就沒辦法成為詩人或理解世界各種豐富聲音的人。故事中，席爾文這位老師與年輕詩人學生們的互動，就一直在引導讀者體會這樣的道理。

閱讀小說，是與自己的生命經驗對話的過程。我相信每位翻開《不想說再見》的讀者，都會從字裡行間與轉折的故事中，體悟到不同的意涵。深愛動物的讀者，肯定會喜歡上泰迪，也會不由自主的想起生命中愛過的每一個動物伙伴；想念已經離去的誰的讀者，會再次告訴自己我們牽繫著彼此的愛從未遠離；為詩傾心的讀者，則會細細思量每一段詩句的氣味與色彩。當然，這部作品包含所有以上的一切，還有更多更多……慢慢閱讀這本書，踏進故事裡，你會發現，這部作品裡充滿了晶亮的光，讀完故事後，還會久久在你心上閃耀，燦爛無比。

狗兒會說話
可是只有詩人與孩子
聽得見

——P. M.

第一章 失物招領

我在黃昏時刻發現了那個男孩。
暴風雪呼嘯著，很快天就要黑了。
大雪紛飛，我幾乎要看不見他了。他佇立在結冰的池塘邊，全身顫抖。
沒戴帽子的他，金髮緊緊的服貼在頭上。
突然，一根樹枝應聲折斷，掉到他身邊。他跳向一旁時，看見我穿越大雪走向他。
我用鼻子輕觸他的手。他不怕我。

他怕的是暴風雪，我看見他臉上的淚痕。

他帶我到他的妹妹身邊，她蜷縮在一棵大樹下，身上裹著一條小毯子。她的年紀比較小，也許八歲吧。男孩把她身上的小毯子再裹得更緊一點。

我也用鼻子碰碰她。她站起來的時候，我望進她的眼睛。

我會照顧他們。

我是一隻狗。我應該一開始就告訴你這一點。我和文字一起長大。一位叫席爾文的詩人在動物收容所發現了我，帶我回家。他在壁爐邊幫我鋪了一塊紅地毯，我聽著他寫作的打字聲長大。

他整天都在寫東西，還會念書給我聽。他念葉慈和莎

士比亞[1]、喬伊斯[2]、華茲華斯[3]、奈特莉・芭比特[4]，還有比利・柯林斯[5]。他念《夏綠蒂的網》[6]給我聽，還有《獅子・女巫・魔衣櫥》[7]、《清晨的女孩》[8]，以及我最愛的故事《駕牛篷車的人》[9]。我知道文字如何彼此相隨，也能感受到它們帶來的安慰。

我會說話，可是席爾文曾經說過，我說話時，只有兩種人聽得懂。

「詩人與孩子，其實是一樣的，」席爾文說：「如果你找不到詩人，就去找個孩子。千萬記住。」

千萬記住。

男孩靠著我的身體，我幫助他在風中站穩。
「救命啊。」他說。
我知道這幾個字代表什麼意思。
席爾文教過我什麼叫做「伸出援手」。
就像席爾文解救了我，我也要解救他們。
男孩牽著妹妹的手，他們跟著我，一起快速穿越森林，經過大石頭，沿著小倉庫旁的小路走。席爾文離開後，我就睡在這間小倉庫。已經過了三天。我學過這樣數日子：

第一天第一夜。
第二天第二夜。
第三天第三夜。

難道現在已經是第四天了嗎？獨處讓人分不清真實的時間。

席爾文的學生輪流來這裡餵我。其中我最喜歡的是艾莉，她知道席爾文不在，我沒辦法睡在屋裡。她本來要帶我回家，可是她也知道我沒辦法離開這裡。

男孩的手放在我脖子上。感覺真好。以前席爾文和我一起在森林散步時，也會把手放在我脖子上。有時候，他會邊走邊念幾句詩。

我很想哭。可是另一個事實是：狗兒沒辦法哭。儘管我們會感到傷心難過。

可是狗兒沒辦法哭。

「我們要去哪裡？」女孩問，她的聲音清脆，就像鈴

鐺。她的頭髮被風吹打到臉上。

「家。」我說，第一次開口對她說話。

她一點也不驚訝我會說話。

她的臉靠在我耳邊，我感覺得到她溫暖的氣息。

「謝謝你。」她輕聲說道。

真希望我有辦法哭。

譯注

1 莎士比亞——全名為威廉·莎士比亞（William Shakespeare, 1564-1616），知名劇作家，他的十四行詩也是英國文學的代表之一。

2 喬伊斯——全名為詹姆斯·喬伊斯（James Joyce, 1882-1941），愛爾蘭作家，代表作為《都柏林人》，他的意識流小說影響了現代文學的發展。

3 華茲華斯——全名為威廉·華茲華斯（William Wordsworth, 1770-1850），英國浪漫主義詩人，被譽為「湖畔詩人」。

4 奈特莉·芭比特——美國兒童文學作家（Natalie Babbitt, 1932-2016），她的代表作《永遠的狄家》探討了永生和死亡的意義。

5 比利·柯林斯——美國桂冠詩人（Billy Collins，生於一九四一年），詩作幽默又充滿睿智。

6《夏綠蒂的網》——美國兒童文學作品，作者為艾爾文·布魯克斯·懷特，故事中的小豬韋伯會和一隻叫做夏綠蒂的蜘蛛說話。

7《獅子·女巫·魔衣櫥》——英國奇幻文學作品，作者為C·S·

路易斯，故事中的孩子們經由一座衣櫃進入一個叫做「納尼亞」的奇幻國度。

8 《清晨的女孩》——原文書名為*Moring Girl*，作者為Michael Dorris。

9 《駕牛篷車的人》——知名圖畫書作品，文字作者為唐納德·荷、圖畫作者為芭芭拉·庫妮，書中描述樸實而滿足的農家生活。

第二章　家

我們到達小徑，掙扎著穿越風雪。

「哇！」女孩看見小屋時說。

窗戶邊有指引燈。我和席爾文一起生活的每一天，他日日夜夜都開著這盞燈。

「這是我們的燈塔。」席爾文對我說。

我知道門不會上鎖。我用鼻子推開門閂。席爾文刻意

留了這個門閂，讓我可以隨意進出。

我們把呼嘯的風留在身後，踏進安靜的小屋裡。

男孩和女孩脫掉外套，我甩掉毛上的雪。

「我叫芙蘿拉，」女孩說：「我好冷，毯子好溼喔。他叫尼可。」她指著哥哥說。

「我是尼可拉斯。」男孩說：「芙蘿拉都叫我尼可。」

「我叫泰迪。」我說：「我喜歡尼可這個名字。」

除了一盞指引燈以外，四周一片漆黑。尼可開了兩盞燈。

「你會升火嗎？」我問他。「壁爐裡有木頭和柴薪。」

他點點頭。

「我快十二歲了。」

芙蘿拉把外套掛在門邊的掛鉤上。

「你們為什麼會迷路？」我問。

「我們的車子打滑，撞上雪堆，媽媽沒辦法再發動車子。」芙蘿拉說。

尼可堆好木頭和柴薪，找到放在爐架上的火柴。

「她的手機忘在家裡了。她看見道路遠方屋子的燈光，有戶人家在鏟雪，她要我們留下來，自己去求救。」他說。

「她離開了很久。」芙蘿拉說。

「我們本來好好的留在車上，可是有人來敲車窗，告訴我們車子還沒完全被雪覆蓋以前會被拖走。」尼可說：「芙蘿拉很害怕。」

「尼可也很怕呀。」芙蘿拉說，尼可忍不住笑了出來。

這時，火焰的光芒照亮了整個房間，感覺好溫暖——這是小屋好幾日以來第一次升火。芙蘿拉穿過房間，走到席爾文的電腦邊，摸了摸電腦。

我幾乎能在火光下看見席爾文，他的頭髮跟我的一樣灰白——他頭上和臉上的頭髮都是。後來我學會認字以後，才知道這個東西叫鬍子。

我還記得自己第一次跟他說話。他念了好幾次《駕牛篷車的人》給我聽，他知道我很愛那本書。

「《駕牛篷車的人》是一首詩。」我說，同時被自己的聲音嚇了一跳。

席爾文從電腦前轉過身來，眼神閃閃發光。

「你說得對！」

他的眼睛流下淚水，我走過去舔乾。

席爾文站起身來，從牆上取下一面小鏡子。他舉著鏡子，讓我倆能同時照到。

「同樣的頭髮，同樣的眼睛。也同樣用文字思考。」

席爾文說。

我是詩人

你是狗兒

誰是詩人？

誰是狗兒？

「泰迪，這樣不算詩啦。」

「這是我們的歌。」

席爾文為這幾行字編了一段旋律，之後常常唱給我聽。

「我最好打電話給爸爸。他可能因為暴風雪停課。」尼可說。

「這裡沒電話。」我說：「席爾文不喜歡電話。」

「沒電話？」他重複我的話。

「沒。」

「電腦呢？」

「沒辦法。席爾文只用來寫東西。他的電腦沒跟外界

連接，只用來寫字。這裡也沒電視。他有……他以前有一個裝置，可以聽天氣預報。我們晚一點可以找找看。」

「爸媽會擔心的。」尼可說。

「我在車上留了紙條，」芙蘿拉說：「我把紙條留在前座，這樣媽媽就知道我們已經找到人幫忙了。」

尼可盯著芙蘿拉看。

「妳？留了紙條？」

芙蘿拉點點頭。

「我會寫字呀，你知道吧。我寫了大大的**我們很安全**。」

沒人說話。

芙蘿拉聳聳肩。

「我編的啦。我可能寫錯字了。」

「妳確實很安全呀。」我說：「那又不是編的。」

「芙蘿拉，妳做得很棒。」尼可說：「說不定媽媽看了，就不會擔心了。」

「我只做了這件事，」芙蘿拉說：「可是你救了我耶。你用毯子裹住我。把我從冷冰冰的車裡救出來。」

尼可搖搖頭。

「是泰迪救了我們。」

「是你找到泰迪的。」芙蘿拉固執的說。

「我們找到了彼此。」我說：「就是這麼一回事。」

芙蘿拉咧著嘴對我笑。

壁爐裡有根木柴燒了起來。火光在牆上跳躍，就像席

爾文大聲朗讀的那些文字。

芙蘿拉靠近去看席爾文的相片。有一張是他在屋裡，被學生們圍繞。還有一張是席爾文和我一起拍的，我們的頭靠在一起。

芙蘿拉轉過身來。

「那是你耶。」她說。

「那是席爾文救了我以後拍的。」

芙蘿拉又轉過去看相片。

「席爾文救了你之前，有人拋下你嗎？」

「對呀。」

「就跟我們一樣。」她說，依舊盯著相片看。

尼可從壁爐邊轉過身來，表情看起來很哀傷。

「芙蘿拉，媽媽沒有拋下我們。她是去幫我們求救。」他說。

「孩子會講出小小的事實。」席爾文有一次這樣跟我說：「而詩人試著去了解這些事實。」

講出小小事實的人是芙蘿拉。發現這事實很難入耳的人是尼可。

他不願意去想這件事，媽媽在猛烈的暴風雪中，留他們在原地那麼久。

一根木柴嘎吱作響，火星散落到石頭壁爐外。尼可撥了回去。

跟席爾文在的時候一樣。

芙蘿拉盯著我看。不知道為什麼，我懂她在想什麼。芙蘿拉總是那個問問題的人。

「所以他在哪裡？」她問：「席爾文在哪裡？」

她的聲音好輕柔。這個問題沒有惡意，可是我沒辦法回答。我走到窗邊，向外看。

芙蘿拉沒有跟過來。

第三章　宛如昨日

我們找到一些罐頭食物——那是席爾文的最愛，有焗豆、雞湯，還有餅乾。少了牛奶。

「反正我也不喜歡牛奶。」芙蘿拉說。

外面猛然起風，樹幹碎裂折斷，小屋搖搖晃晃。燈光忽明忽滅，我們找到一盞油燈，以免電力突然中斷。

「你們可以睡在席爾文床上。」我說。

「我要跟你一起睡在壁爐前面。」尼可說。

「我也是。」芙蘿拉說。

我們拿了不少枕頭、毯子，還有席爾文的舊綠色睡袋。

風變得更強。外頭「砰」的一聲，一棵大樹的樹幹應聲倒地。

電燈熄滅，又恢復，然後又再度熄滅。

我躺在紅地毯上。

芙蘿拉很快就睡著了。

過了一會兒，尼可轉過身來，把手臂圈在我身上。

就跟席爾文在的時候一樣。

夜裡，我起身用鼻子推開門閂，走進戶外的風中。

尼可抬起頭來。

「你要去哪裡？」

他的聲音聽起來很害怕。

「我要尿尿。」我說。

在黑暗中，我聽見芙蘿拉愛睏又讓人安心的聲音。

「他是狗呀。」芙蘿拉輕柔的說。

「喔，說得也是，」尼可說：「我一直忘記這件事。」

我回到紅地毯，窩在尼可身邊。

他再度用手臂圈住我。

「有時候我也會忘記。」我對尼可說。

第四章　灰貓不在

到了早上，風還是不斷呼號。雪都已經積到門兩邊的窗戶一半高，而且還繼續下得很大。

我打開門準備外出時，積雪超過我頭頂的高度。我沒辦法通過。

尼可前一天夜裡就先把雪鏟放在屋裡，他幫我從積雪中鏟出一條小路。我跳著經過雪堆。

一回到屋裡，我就把身上的雪甩到門邊的地毯上。

「謝謝你，尼可。」我說。

他的頭髮服貼在頭上。看起來就跟我第一天發現他時一樣。

芙蘿拉還在壁爐邊睡著。

「我找到收音機，然後聽了，」他說：「暴風雪會持續好幾天。道路管制、人車禁止通行。電話不通。當然行動電話也不通。」

「電力整個晚上斷斷續續，」我說：「不過，我記得有一次，這裡曾經停電更久。」

這個下午，暴風雪夾帶著強風。席爾文的詩人學生們圍坐在一起。壁爐裡有火。我躺在紅地毯上，聽他們說話。渴望成為詩人的學生們既熱切又清新，就像剛剛洗好

的蘋果。只有席爾文和我頭髮灰白。

「他們對生命的了解可真少。」席爾文輕聲對我說道，他擺出一盤又一盤的餅乾和一罐又一罐的塞爾茲爾礦泉水。

「或許他們只是還不曉得自己懂什麼。」我說，席爾文忍不住笑了。

他們每一個人都輕輕的拍拍我。席爾文跟我說過，學生們都會對老師的狗很友善。

有一個年輕人念了一首詩，關於一個農夫帶他的動物到鎮上。

我坐了起來。聽起來好像《駕牛篷車的人》。他念完的時候，席爾文點了點頭。

「泰迪，你覺得怎麼樣？」他問。

學生們笑了。

「膚淺又陳腔濫調。」我還沒意會到自己在說話前，就脫口回答了。

當然，除了席爾文以外，沒人聽得見我說話。

「阿丹，有人用不同的方式寫過這樣的詩，」席爾文說：「去讀《駕牛篷車的人》。」

一個瘦巴巴又緊張兮兮的女生，艾莉，念了一首詩，關於她失去的愛情。

席爾文的腳不安的輕輕敲著地板。我知道他討厭這首詩。

「艾莉，妳失去過心愛的人嗎？」她念完，席爾文問

她。

她搖搖頭。她的眼中有淚水。

我從紅地毯起身，走過去站在艾莉身邊。

她的嘴脣顫抖著。

「妳失去了什麼？」席爾文問：「這首詩真正想談的是什麼？」

我靠著艾莉，她用手臂圈住我。

「我的貓。」她低聲說。

她現在放聲大哭，我瞪著席爾文。我對他噘起嘴。

他看看我，臉孔柔和下來。

「艾莉，」席爾文輕聲說：「親愛的ㄚ頭，那就寫寫妳的貓。」

停電了，燈光熄滅了，在陰暗的房間裡，艾莉的眼淚把我脖子上的毛弄得溼答答。

「你對她不太親切耶。」後來我告訴席爾文。

他嘆了一口氣。

「我知道。有時候作家們對其他作家不怎麼體貼。我們想要得到啟發。沒有的時候就氣呼呼。不過相信我，她會寫出一首好詩的，關於她的貓。」

那是真的。

那首詩叫〈灰貓不在〉。結尾是這樣的：

月光下
沒有

我臉頰上柔軟甜美的爪
沒有
我胸前蜷曲的毛球
只留下
一個心碎的空間——
灰貓不在

第五章　憂傷與歡樂

小屋裡一點也不安靜，就連夜裡也一樣。風就像狂野的歌，推開寂靜的一切。

電力斷斷續續停了好多次。

我們先把冰箱冷凍庫裡的東西拿出來烹煮，之後才好拿到壁爐上加熱。煮好的食物就貯存到放在雪地裡的冷藏箱。

今天芙蘿拉在火爐上煮湯，一面攪拌著湯，一面看書。

「泰迪，這是你耶。」她對我喊著。

我走近火爐邊，看見她正在讀一本關於愛爾蘭獵狼犬的書。封面上有一隻像我一樣高的狗。

「我必須承認，你比較帥。」芙蘿拉說。

如果我可以笑的話，我一定會笑出來。

「你知道你的祖先是戰士嗎？」她說，從書頁後望向我。

「席爾文說過哦。」我說。

「你的曾祖父或曾祖母可能曾經用牙齒把士兵從馬背上拖下來。」芙蘿拉說。

「我可從來沒有那樣做過喲。」我說，尼可笑了出來。

「書上說你的氣質很平和。」芙蘿拉說。

「書上有沒有寫他是最好的朋友？」尼可問，一面把更多木柴放進火堆。

芙蘿拉把書放低，攪拌鍋裡的湯，還從一個小罐子裡拿些香料加進去。

「有啊，」她宣布。「真的有。而且愛爾蘭獵狼犬很愛小孩和貓咪。」

「我是遇過一、兩隻喜歡的貓啦。」我說。

「我們家有一隻貓喔。」芙蘿拉說。

「牠會亂吐口水嗎？」我問。

芙蘿拉投過來一個不悅的表情。

「她才不會亂吐口水咧。」

一陣突如其來的風把雪吹向小屋。外面有一根樹幹倒

塌了。我們全都抬頭向上看。

「這種天氣還持續真久啊，」尼可說：「收音機快要沒電了，我不曉得該怎麼充電。可是暴風雪應該還會持續好幾天。」

「很好啊，」芙蘿拉說：「我喜歡這裡。」

「我也喜歡這裡，」尼可說：「只要還有足夠的木柴可燒、有食物可吃。」

他停頓下來。

「只要爸爸媽媽不會擔心我們……」

「記得嗎？我留了紙條呀。」芙蘿拉說。

「小倉庫裡還有木柴。」我說。

「如果我們到得了的話。」尼可說。

「儲藏室裡有食物。」芙蘿拉說。

「我也喜歡這裡。」我突然開口。「真的。」

席爾文在電腦上打字。他有時微笑，有時皺著眉頭自言自語。

我坐在紅地毯上打呵欠，打到吱吱叫。

席爾文望向我。

「當作家並不容易呀，你也知道。就是說，我覺得呀，不是充滿憂傷，就是充滿歡樂。」

「跟當一隻狗的感覺一樣嘛。」我說。

席爾文坐在椅子上轉身，望著我。

「我應該採納我給艾莉的建議，寫我愛的事物。」

席爾文停頓下來。

「我要寫你。」

「像艾莉寫她的貓嗎？」我問。

「沒錯。」席爾文說。

他轉回去面向電腦，投入寫作。

「艾莉是詩人，你也知道的，」他說：「總有一天會是。下次她見到你，就聽得到你說話了。」

「我知道。」我說，一面打呵欠。

房間裡傳來席爾文一陣一陣的笑聲。過了一會兒，他又一邊讀著自己寫的東西一邊大笑。可是同時也在咳嗽。他桌上放了藥罐和湯匙。他倒了一點藥到湯匙裡。他的臉有點紅。

過了幾分鐘，他站起身來，蓋上電腦，躺在長椅上。

他一整晚斷斷續續的咳著。

席爾文就是從那時候開始生病。

第六章　會有好事發生

「真是一場可怕的暴風雪，這是我們待在小屋的第三天。」尼可誇張的讀著他筆記本上寫的字。「芙蘿拉像隻飢餓的黃鼠狼似的翻找冰箱，她在找什麼神祕的東西，也許在找什麼有毒的東西。」

尼可每天都很安靜的在筆記本裡寫些什麼，他剛剛念出了他對小屋生活的觀察。

他寫的東西很好笑、很俏皮，有時候真切到令人心痛。席爾文教過我這幾個字的意思喔。

「真切到令人心痛，」希爾文說：「可能是詩最重要的事。」

席爾文應該會說，尼可有自己的風格。

尼可從來沒有提過要用席爾文的電腦。銀色的筆電始終蓋著，靜靜坐在桌上。看起來帶著某種堅決的姿態。

席爾文啪一聲蓋上電腦。

「結束。完成！」

超大聲的「完成」讓我從安穩的睡眠中跳了起來。

席爾文咧起嘴對著我笑，拿了一個枕頭到我的紅地毯上。他躺在我旁邊，用手臂圈住我。

我是隻鼻子很好、耳朵也很靈敏的狗，我聽得出席爾文的呼吸並不順暢。他的味道也不是我原本熟悉的席爾文味道。

「你應該去看獸醫。」我告訴他。

「是看醫生。」他糾正我。

「沒錯。」

「艾莉明天要載我去看醫生。你可以好好跟她聊聊。」

他笑了，看起來很開心。

芙蘿拉變成我們的廚師，發明了許多看起來很糟，吃起來卻美味到令人驚訝的餐點。

我大聲的舔著她煮的湯，先喝掉湯，再吃光任何她加

進湯裡的配料。

「那樣喝湯比用湯匙好太多了。」尼可說。

「花生醬好硬喔。」我說，試著舔掉黏在我口腔頂的花生醬。

「我不是因為自己是女生才煮飯，」芙蘿拉解釋道。「是因為我喜歡煮飯。祕訣就在香料。就像科學。等我長大，我會養二十七隻貓和狗、變成馬術訓練師，還會蒐集一大堆香料。」

尼可笑了，開懷的笑聲打斷了屋外呼嘯不停的風聲。讓我想起席爾文的笑聲。

「我會找到一匹馬，等著瞧吧。」芙蘿拉說，一面打開烤箱電源。

「她說到做到喲。」尼可說。

尼可和我走到外面的小倉庫，芙蘿拉繼續煮著新發明的料理。

現在還是很難穿越一陣一陣的強風。我們都低著頭往前跑。一到達小倉庫，就打開門進去，然後關上身後的門。

小倉庫裡聞起來都是甜甜的木柴香氣。奇異的溫暖安靜。

尼可靠在木柴堆旁歇了一會兒。

「席爾文離開後，你就是睡在這裡呀。」他說，對柴堆後的灰色毛毯點點頭。

「是的。」

「你不想獨自睡在屋子裡。」

「不想。」

「這樣夠溫暖嗎？」

「大部分的夜裡還可以。」

尼可嘆了一口氣。

「等芙蘿拉和我回家以後，你會怎麼樣呢？」

我沒有回答。

過了一會兒，尼可開始把木頭裝上推車。

我們準備打開門對抗風雪回到小屋前，尼可轉過身來。

「會有好事發生喲，我知道的。畢竟你曾經擁有過席

爾文。」他說。

他用一種真切到令人心痛的語氣說這句話。又是那幾個字。

真切到令人心痛。

我們再度疾走進入風雪中，尼可突然摸了摸我的頭。

「看！」

在靠近森林的小徑邊，站著一隻鹿，牠的顏色就像黎明，正望著我們。

「這是好預兆喲。」尼可說。

我們繼續趕路，等我們倆同時回頭張望時，鹿已經消失了。

第七章 離開

我是在早上告訴他們的。我不想在夜裡說，因為夜晚可能會帶來夢魘。

那時候我們正在吃芙蘿拉做的沒加牛奶的鬆餅，怪怪的、有顆粒，卻很棒，淋了好多好多楓糖漿。我先舔掉糖漿，再一點點、一點點的吃掉鬆餅。

尼可望著我，然後用同樣的方法吃掉他的鬆餅。芙蘿拉笑了出來。

尼可找到收音機的充電線。

「壞天氣還要持續好幾天。暴風雪結束前可能會結冰。預計要等兩天後才會清理道路。各種設施將重新開放。大部分的地區會恢復電力。」

「其實，」我突然開口說：「席爾文後來病得很重。」

我原本不想這樣說出口。

尼可放下叉子。

芙蘿拉張開嘴，這是我認識她以來第一次，她沒說任何話。

「你們不會以為他拋棄了我，自己離開這裡，對吧？」我問：「我都已經跟你們說了這麼多關於他的事了……」

芙蘿拉搖搖頭，仍然保持安靜。

我看得見尼可眼框裡的淚水。

「事情就是這樣，」我說：「他生病了。」

艾莉來載席爾文去看醫生。天氣很晴朗，她沒敲門就走進屋裡。

「你好啊，泰迪。」她說。

她把頭往下靠在我的頭邊，擁抱了我。

「艾莉，妳好。」我說。

她咧開嘴笑了。

「我聽得見你說話喔。」她開心的說。

「妳是詩人。」我說。

席爾文進到客廳，在藍色襯衫上加了一件粗花呢外套。

他的眼睛跟襯衫一樣藍。

「我好像聽見你們倆在講話哦？」他淘氣的問。

「對呀，」艾莉說：「等我到家，不曉得我的比利狗狗會不會開口跟我說話。」

「不會，」席爾文說：「不過別擔心，妳可以念好幾個鐘頭的書給他聽。」

艾莉嘆了一口氣。

「沒用啦，比利是個睡覺大王。」她說。

「我來開車。」席爾文說。自從我認識他以來，他只騎過腳踏車。

艾莉不是笨蛋。

「你有駕照嗎？」她問。

「沒有，他可是詩人耶。」我說，艾莉笑了出來。

「我來開車。」艾莉說：「你可以坐在我旁邊，說些美好的話。」

艾莉輕輕摸著我的頭。

「你要不要跟我們一起上車？」她問我。

「我在這裡等。」我說。

我不想離開屋子。我怕只要一離開，所有的一切不知怎麼的就會改變。

我走到外面，看他們坐進艾莉的小紅車裡，開走了。

離開這裡。

第八章 挑剔鬼

我聽見艾莉的車開到門前的聲音。

席爾文跟我說過什麼是劇場。此刻我就感覺自己很像在觀賞舞台上的劇場演出。

席爾文進到屋裡，看起來非常疲憊。

他脫掉粗花呢外套，在沙發上伸展四肢。

艾莉拎著一個紙袋。

「那個醫生的診間讓我覺得好不舒服，」席爾文抱怨。「那裡一定有成千上萬的細菌，所以我才不喜歡看醫

生。」

「你生病了，所以要去。」艾莉說。

她從紙袋裡拿出一罐又一罐的藥，排在水槽邊。

她坐在席爾文旁邊的凳子上。

「他不讓我知道醫生說了些什麼。」艾莉跟我說。

「妳又不是我媽，」席爾文說，他用手臂遮住眼睛。

「妳比我媽媽漂亮多了。」

「謝謝你喲。」艾莉說。

「他發燒了。」我說。

席爾文把手臂放了下來，盯著我看。

「你怎麼知道？」

「我是狗耶。我聞得到發燒的味道，我還聽得見你的

胸腔隆隆作響的聲音。」

「看吧？」席爾文更有力氣的說：「我不需要醫生。我有一條狗！」

「趕快吃藥，配很多水。」艾莉說。

「我不怎麼喜歡水。」席爾文說。

艾莉笑了出來。

「我明天會回來這裡上課喲，如果你的力氣恢復到可以上課的話。」她說。

「如果有人念真正的詩，我才上課。」席爾文說。

「挑剔鬼。」艾莉一面親吻我的頭頂，一面低聲說。

「好好休息。」她走出大門時喊著。

席爾文才不休息。

他在電腦前坐下時，對著我微笑。

「我喜歡那個丫頭。」他說：「我聽見她說我是挑剔鬼。」他邊打字邊說。

「看來你的耳朵好得很。」我說。

「謝謝你喲，狗大夫。」席爾文酸溜溜的說。

「所以是你照顧席爾文。」尼可說。

「沒錯。」

「就跟他照顧你一樣。」芙蘿拉說。

尼可的聲音很輕柔，雖然屋外正下著暴風雪，我還是聽得見他說的話。

「就像是席爾文救了你，把你帶來這裡，你才能救我

們。」

「也許是吧。有一個夜裡，很晚的時候，席爾文念了一段他寫的詩給我聽。那是一首關於我的詩，他取名為〈詩人的狗兒〉。我閉上眼睛，好回憶那首詩。

詩人的狗兒
撿起我掉落的文字
啣在他柔軟的嘴裡
一如寶藏
好在日後
埋藏
如此一來

詩人的狗兒
才能繼續傳遞這些文字
讓我跟隨

芙蘿拉把手放在我背上。

「這些日子以來，我一直很氣席爾文拋下了你。可是也許他沒有真的離開。」

「一點也沒有離開。」她溫柔的重複道。

第九章 回憶

這個傍晚沒有電——不過壁爐上有火、油燈亮著、桌上還點著蠟燭。

尼可寫著他的筆記本。

房間很溫暖，可是芙蘿拉在肩膀上圍著毯子。她的眼神似乎飄到了遠方。

「妳在想什麼呢？」我問她。

「我的童年回憶。」她說。

尼可笑了。

「像現在嗎？」他問。

芙蘿拉搖搖頭。

「我感覺不一樣了。」

「妳真的不一樣了。」我說：「妳很勇敢。留了紙條給媽媽，還為我們準備好吃的東西，已經撐了快五天耶。」

我想起席爾文的學生們。他們就像幼犬一樣，活蹦亂跳的經歷生命——然後因為寫作而變得更成熟。

「你還記得我出生的時候嗎？」芙蘿拉問尼可。

「記得呀。我想要的明明是天竺鼠耶。」

「你記得小時候的事嗎？」芙蘿拉問我。

「我不確定自己的記憶方式跟人一不一樣。我記得最多席爾文的事，因為他給了我語言來記憶。在那之前，我

記得某些時刻，但我不知道怎麼用語言來描述。」

芙蘿拉抬起肩膀，嘆了一口氣。

「我感覺自己不一樣，是因為我有煩惱了。以前，我從來不曾覺得煩惱。」

「妳煩惱什麼呢？」尼可問。

「不是什麼，而是誰。」芙蘿拉說。

「誰？」我問。

芙蘿拉盯著我看。

「你呀。」她說。

尼可從他的本子上抬起頭來，想聽聽我怎麼回答。

我也擔心我自己。可是我不想告訴他們。

「我有艾莉呀。」我說：「別擔心。」

艾莉每天都來拜訪我們。有時候她會帶晚餐過來。

有陣子席爾文的身體似乎復原了一些。他每天寫作。每天朗讀給我聽。

席爾文忘記吃藥時，我就用嘴巴咬著罐子搖一搖，這樣他就會想起來。

年輕詩人們來上課，那個寫了類似《駕牛篷車的人》的詩的男生，讀了一首詩，席爾文很喜歡。詩名叫〈春天瘋母牛〉。

母牛們跟著春天而瘋狂
牠們衝破柵欄
一路狂奔到小鎮上

身後留下許多
牛糞

聽到艾莉每天都會來照顧我，芙蘿拉和尼可好像覺得比較放心了。

「她是因為暴風雪才沒辦法過來。」我告訴他們。「可是她知道我可以進到屋裡，在儲藏室最底下找到那袋開過的狗食。」我頓了一下。「席爾文教過我。」

該上床睡覺了。我們在紅地毯上擺好毯子和枕頭。

「等你們回到家，艾莉會開她的小紅車載我去拜訪你們。」

「我們明天來辦慶祝派對吧。」芙蘿拉說：「我在儲藏

室裡找到一罐糖霜。」

派對耶。

我們熄掉油燈、吹熄蠟燭。聽得見小小的冰珠打在窗戶和屋頂上的聲音。

我們三個在壁爐前面睡成一堆。

一整晚。

一起。

第十章　寂靜

早上我們在同一時間一起醒來。我們抬起頭，想要聆聽風的聲音。

什麼也沒聽見。我們望著彼此。

一片寂靜。

暴風雪結束了。

令人驚訝的是，芙蘿拉大哭了起來。

尼可坐起來，用手臂圈著她。

「芙蘿拉，不要緊的，」他說：「我們本來就知道暴風

雪不可能永遠繼續下去。」

「我們還是可以辦派對嗎？」芙蘿拉問。

我讓芙蘿拉留在儲藏室「翻箱倒櫃」（尼可這麼形容）找糖霜。尼可從壁爐裡撈出舊的灰燼，為這一天升上新的爐火。

我抬起門閂，到寧靜的屋外站了一會兒。然後我跳過厚厚的雪堆，穿過森林，來到池塘邊，一路跑到原本停著芙蘿拉和尼可家車子的路上。我佇立著，望向路的另一頭。寂靜幾乎像風的呼嘯聲一樣巨大。

雪積得很高。還沒人鏟過雪。這是我看過延伸得最長的白——沿著長長的路一路伸展下去。

我傾聽著，不過遠方並沒有傳來車輛或鏟雪車的聲音。

一片寂靜。

我轉身沿著池塘邊走，到處都是厚厚的積雪。我經過銀白的枝椏旁。

接著回家。

我甩掉身上的雪，抬起門閂，走進屋裡。

芙蘿拉和尼可看著我。

「我們可以開派對囉。還有時間。」我說。

艾莉來接席爾文去看醫生。她帶了點心給我。

席爾文看起來疲倦又虛弱，雖然他一直有吃藥。

「今天我要和你一起跟醫生談一談。」艾莉說。

「不要這麼嘮叨嘛。」席爾文說。

「我不得不嘮叨呀。你還要照顧泰迪耶。」

打開前門時，席爾文望著艾莉。

接著，他望向我。

「是呀。還有泰迪。」他輕柔的說。

等他們回到家，我看得出他們發生過爭執。

「如果醫生這樣說，你就應該去住院。」艾莉說。

「還不到時候。醫院會讓人生病。」席爾文說。

艾莉聳聳肩膀。

「好吧。我的手機留給你。如果你需要我，馬上撥我

家號碼。就這樣！」

沒有人開口說話。艾莉和席爾文瞪著彼此，彷彿敵對的雙方。

最後，席爾文終於讓步。

「好吧，」他說：「手機留下。」

我就是那時候發現席爾文將不久於人世。

艾莉在我頭上親了一下。

她打開門時，席爾文叫了她。「艾莉，謝謝妳。」

我看見她眼中的淚光。

席爾文把手放在我頭上，就跟我們在森林裡散步時一樣。

然後他走到電腦前，身上依舊穿著粗花呢外套。

他寫了什麼東西，然後印出來。

接著他走到長椅邊，在上頭睡了一整晚。

我沒有睡在我的紅地毯上，雖然旁邊有小小的火焰燃燒著。

我睡在席爾文旁邊。一直醒著，好看著他，聆聽他的動靜。

他在黎明時醒來。

他從口袋裡拿出艾莉的手機。撥了一個號碼。

「艾莉？拜託妳過來。」他說。

他看著我。

「艾莉會照顧你。可是泰迪，我希望你自己找到生命中的寶貝。」

生命中的寶貝？他是什麼意思？

我靠著他。

「生命中的寶貝，」他重複這句話。「相信我。」

然後他閉上眼睛，手仍然放在我脖子上。

等艾莉到的時候，他已經不動了。

一片寂靜。

過了許久以後，艾莉在席爾文電腦旁邊的桌上發現他印出來的紙條。艾莉念上面的字給我聽。

親愛的泰迪和艾莉：

你們讓我的生命充滿喜樂。

我把小屋留給泰迪，小屋的所有權和我的銀行戶頭上有你們倆的名字。艾莉，我知道妳會照顧好泰迪。而且，如妳所提，妳就是泰迪的監護人，妳將幫助他找到懂得聆聽他智慧話語的那個人。

我愛你們。

席爾文

艾莉用手臂圈住我。

「我們都會好好的。」她說。她的聲音安靜又堅強。

第十一章　過去與現在相遇了

派對的食物是巧克力糖霜餅乾。餅乾硬得像石頭，可是很好吃。

芙蘿拉在我的狗餅乾上面滴了糖霜。我沒有告訴她巧克力對狗不好。

我抬起門閂，到外面去。

尼可每天都會鏟雪，我走到外面的白雪小徑上，望著四面八方的白。

突然，我看見一個遠遠的身影，全身穿著紅衣，滑雪

穿過樹林。那個身影愈來愈近，最後從樹林裡冒出來，進入空地，靠近屋子。

我知道那是誰！

「泰迪！」艾莉喊著。

我不敢相信自己看到她竟然這麼開心。我搖著尾巴，她停下來時，我跳到她身上。她大笑著，一面拿掉雪橇，一面拍拍我。她跌坐在雪地上，抱住我。

「泰迪，」她說，快要喘不過氣來。「我好擔心你在暴風雪中要怎麼辦！」

「妳一路從家裡滑雪過來嗎？」

「對呀。我只有用這個方法才能到你這裡。大雪埋住了我的車，而且路上的冰和雪都還沒清除。」

「我知道。」

她看著小屋的煙囪。

「有煙耶，你有升火！」

我站了起來，我們走向小屋門口。

「火不是我升的。」我告訴艾莉。「妳最好進來看看。」

艾莉把雪橇靠在屋子旁邊。我們打開門。

在溫暖的小屋裡，尼可和芙蘿拉從壁爐邊轉過身來。

看見我身旁出現另一個人，尼可睜大了眼睛。

「這是艾莉！」我開心的說：「這是艾莉喲。」

尼可和芙蘿拉立刻就愛上艾莉了。艾莉好愛硬梆梆的

巧克力糖霜餅乾。她吃了三塊，她坐在壁爐邊，手放在我脖子上。

「我在收音機上聽到，你們兩個被一戶有六個小孩的人家救了。」艾莉說：「你們還在媽媽車子的前座留下一張紙條。」

我們看著芙蘿拉。

其實，芙蘿拉臉紅了。

「我忘了紙條那一部分寫什麼了，」她說：「我補充了一點東西。」

艾莉笑了。

「有效耶。你們的父母沒有擔心。也許明天或後天吧，就會開始清理道路。也許電力會恢復。」

她停頓了一下。

「我很高興你們到這裡來。」她對尼可和芙蘿拉說。

「我們很高興泰迪救了我們。」尼可說。

「我學過如何救援呀。」我說。

「從席爾文那裡學到的。」芙蘿拉說，一面點點頭。

「泰迪跟我們說了席爾文的事。」

艾莉突然間坐直了，臉上出現奇怪的神情。

「我突然發現一件神奇又美好的事耶。」

「什麼事？」尼可問。

艾莉做了一個深呼吸。

「你和芙蘿拉聽得見泰迪充滿智慧的話語。」她說。

她用手捧著我的臉。

「他們聽得見耶。」她悄聲說：「席爾文的願望實現了。」

「他們聽得見。妳也聽得見。」我說：「有點像是過去與現在相遇了，妳不覺得嗎？」

艾莉笑了。

「我也這麼覺得！」她點著頭說。

第十二章 承諾

午餐後，艾莉先回家了，她帶著尼可和芙蘿拉爸媽的電話號碼。

「他們的名字叫紅寶和傑克，」尼可說：「妳最好跟他們說……泰迪找到我們的時候，妳也在這裡……他們可能沒辦法理解，一隻愛爾蘭獵狼犬怎麼可能救了我們。」

「我會說你們很好，然後讓他們知道怎麼到達這間屋子。」艾莉說：「還有我在這裡……不過他們的反應也可能會讓你們吃驚哦。說不定他們看到你們會太開心，開心

到根本不在乎究竟是誰救了你們。」

「我不記得他們讓我吃驚過。」芙蘿拉說。

「別忘了那次，他們試著跳舞的時候……」尼可說。

芙蘿拉點點頭。

「跳舞不是他們的強項。」她體貼的說。

屋外，艾莉再度穿上雪橇。

她親了我們所有人，然後離開了，變成白色大地上的一個紅點。

「我會用我的小紅車帶你們一起去兜風！」她揮揮手，回頭對我們大喊。

「謝謝妳！」芙蘿拉喊著。

我們看見她滑走，慢慢消失在樹林裡，消失在我們的

視線之外。

「她會回來的。」尼可望著我說。

「她會的。」我說：「她是艾莉呀。」

尼可用雙手搓了一顆雪球，然後拋進空中。

我跳了起來，用嘴巴啣住雪球。

雪球沒味道。

那天晚上，我們吃了非常美味的燉菜，是用爐台加熱過的。「裡面有什麼呢？」我問。

「不要管啦。」芙蘿拉說。

「意思是你不會想知道的。」尼可說。

我點點頭，繼續吃東西。

「我不確定艾莉是不是真的人耶。」尼可吃東西的時候這樣說。

「我懂妳的感覺。」我說。

「現在我已經見過艾莉，回家也沒關係了。」芙蘿拉說：「可是我會想你的，泰迪。」她又說。

我的喉嚨緊緊的。

「記得我們會搭小紅車兜風哦。」我終於開口說。

「你答應會來看我們？」她說。

「我答應，我答應，答應、答應、答應……」我說。

芙蘿拉和尼可笑了。

我知道他們會笑。我知道他們相信我。

然後我們最後一次一起睡覺。

睡成一堆。
在壁爐前面。
在安靜的小屋裡。

第十三章 生命中的寶貝

事情發生得比我們想像中更快。

有人敲門。

尼可打開了門。

有個我認為一定是尼可爸爸的人將尼可一把攬進懷裡。

尼可哭了。

直到這一刻以前，我從來沒有見過尼可哭，只有在暴風雪中發現他那天，看過他臉上的淚痕。

芙蘿拉站在壁爐邊看著。我走過去站在她身邊，她的手放在我脖子上，就是我喜歡的那種方式。

這個時候，尼可的爸爸望向芙蘿拉。他進到屋子裡，帶上身後的門。

「芙蘿拉，謝謝妳留的紙條。」他說，過來握住她的手。我覺得他甚至沒有注意到站在她身旁的我。他把她舉了起來，擁抱她，她把手臂搭在他脖子上。

我喜歡他的味道。

「艾莉說她和你們待在一起。」她爸爸說。

芙蘿拉把身體往後仰，她爸爸放她下來。

「這是泰迪，」她說：「是他發現我們，救了我們，帶我們來這裡，不是有六個小孩的一家人。那是我編的，這

樣你們才不會擔心。」

她爸爸盯著我看了一會兒。

「哈囉，泰迪，我是傑克。」他說。

「哈囉，傑克。」我說。

傑克輕輕搖搖頭，看起來很疑惑。

「他聽不見你的話。」芙蘿拉非常輕柔的說。

「我知道。不管人們聽不聽得見，我還是會習慣回話。不過，他好像聽見了什麼耶。」

傑克的視線穿越我頭頂，落在書架上。

「等一下，」他說：「誰住在這裡？這是席爾文的家嗎？我看見牆上有他的照片，書架上有他的書。」

我們驚訝得不得了。

「沒錯，」尼可說：「以前席爾文和泰迪住在這裡。他救了泰迪，就像泰迪救了我們一樣。」

傑克坐了下來。

「你就是那首〈詩人的狗兒〉裡面的泰迪。」他輕聲說。

「是的。」我說。

傑克側著頭，彷彿傾聽著遙遠的聲音。

芙蘿拉淺淺的笑了。

「他是我的老師。」傑克說：「他曾經寄了這首詩給我。」

傑克咧開嘴笑了。

「席爾文有一次告訴我，如果我不那麼懶，有可能成為一位詩人。」

尼可大笑。

芙蘿拉走到她爸爸身邊。

「沒有泰迪，我不想回家。」她說。

小屋裡出現一陣巨大的沉默。

我感覺自己脖子上的寒毛豎了起來。

最後，傑克聳聳肩膀。

「妳說得對，芙蘿拉．寶兒。泰迪救了妳們，他應該跟我們回家。而且現在席爾文不在了。」他說。

寶兒？

芙蘿拉注意到我驚訝的表情。

「寶兒是我的中間名[10]，」她悄聲說：「很呆吧。我媽媽叫紅寶。」

不呆。一點也不呆。

「泰迪，你願意跟我們回家嗎？」芙蘿拉問。

我想到要離開小屋。我怎麼能那樣做？

芙蘿拉看到我的臉了。

芙蘿拉好像永遠都知道我在想些什麼。

「只要你想要，艾莉隨時可以帶你回來這裡看看。」

「好耶，他會跟我們回家。」尼可說。

傑克摸摸我的頭。

「沒錯，他會跟我們回家。」他說。

芙蘿拉·寶兒？

我們熄掉壁爐的火，關上小屋的門，走上傑克停車的小山丘。

我不記得以前曾經搭過車。雖然席爾文從收容所帶我回來時，應該搭過其他人的車吧。

可是那時候我還不會說話。

在後座，尼可挨近我身邊。

「我覺得他幾乎快聽得見你說話了，」他小聲的說：「他不是詩人，不過他不會介意當位詩人。他是文學老師。」

「你聽得見我說話。那才是最重要的。」我說：「而且你從來沒提過他教文學耶。」

「你又沒問。」尼可說。

開車回家的路上，傑克用手機打電話給紅寶。

「紅寶？我已經接到芙蘿拉和尼可了。我們正在回家路上。有一隻很棒的狗救了他們。泰迪帶他們回家，照顧他們。紅寶？現在泰迪要跟我們一起回家。」

傑克聽著手機裡的答覆，我們一片沉默。他從後照鏡裡看著我們，露出了微笑。

「紅寶說太棒了！」

我們一路開在積雪的路上回家，經過被大雪覆蓋的草地、池塘和樹林。

一路上，我們是唯一的車。

全世界唯一的車。

我們到達山坡上大大的白色屋子，紛紛下車，屋子的前門打開了，紅寶沒穿外套，就跑進冷風裡。

芙蘿拉和尼可跑上山坡擁抱她。

這時，她看見我了。她突然哭了出來，讓我想起芙蘿拉。

「是愛爾蘭獵狼犬！你沒告訴我，他是隻愛爾蘭獵狼犬！我小時候曾經有一隻這樣的狗。」

她把手放在我脖子上，雙腳跪了下來，把臉貼在我臉上，就像我在暴風雪中第一次帶芙蘿拉走進小屋那時一樣。

「寶兒是全世界最棒的狗，你看起來跟她一模一樣！」

寶兒。

紅寶把手放在我脖子上。

「泰迪，歡迎回家。」她說。

「去找生命中的寶貝，」席爾文曾經這樣說過。「相信我。」

當我們走上山坡時，我感覺席爾文就在我身邊。

芙蘿拉說得對。

席爾文從來不曾離開。

譯注

10 中間名——有些歐美人士除了姓與名，還有中間名，大多為母親原生家族的姓氏。

故事館49
不想說再見
The Poet's Dog

作　　者　佩特莉霞・麥拉克倫（Patricia MacLachlan）
繪　　者　肯納・帕克（Kenard Pak）
譯　　者　黃筱茵
封面設計　達　姆
責任編輯　汪郁潔

國際版權　吳玲緯　蔡傳宜
行　　銷　闕志勳　吳宇軒　余一霞
業　　務　李再星　李振東　陳美燕
總 編 輯　巫維珍
編輯總監　劉麗真
事業群總經理　謝至平
發 行 人　何飛鵬
出　　版　小麥田出版
115台北市南港區昆陽街16號4樓
電話：(02)2500-0888
傳真：(02)2500-1951
發　　行　英屬蓋曼群島商家庭傳媒股份有限公司
城邦分公司
115台北市南港區昆陽街16號8樓
網址：http://www.cite.com.tw
客服專線：(02)2500-7718｜2500-7719
24小時傳真專線：(02)2500-1990｜2500-1991
服務時間：週一至週五09:30-12:00｜13:30-17:00
劃撥帳號：19863813　戶名：書虫股份有限公司
讀者服務信箱：service@readingclub.com.tw
香港發行所　城邦（香港）出版集團有限公司
香港九龍土瓜灣土瓜灣道86號順聯工業大廈6樓A室
電話：852-2508 6231
傳真：852-2578 9337
馬新發行所　城邦（馬新）出版集團Cite(M) Sdn. Bhd.
41-3, Jalan Radin Anum, Bandar Baru Sri Petaling,
57000 Kuala Lumpur, Malaysia.
電話：+6(03)-9056-3833
傳真：+6(03)-9057-6622
讀者服務信箱：services@cite.my
麥田部落格　http:// ryefield.pixnet.net
印　　刷　漾格科技股份有限公司
初　　版　2018年4月
初版十刷　2024年7月
售　　價　260元

ISBN 978-986-95636-5-9
本書若有缺頁、破損、裝訂錯誤，請寄回更換。

國家圖書館出版品預行編目資料

不想說再見／佩特莉霞・麥拉克倫（Patricia MacLachlan）作；黃筱茵譯. -- 初版. -- 臺北市：小麥田出版：家庭傳媒城邦分公司發行，2018.04
面；　公分
譯自：The Poet's dog
ISBN 978-986-95636-5-9（平裝）

874.59　　107001065

城邦讀書花園
書店網址：www.cite.com.tw